SONETOS DE BIROSCA & POEMAS DE TERREIRO

LUIZ A. SIMAS

CIP-BRASIL. CATALOGAÇÃO NA PUBLICAÇÃO
SINDICATO NACIONAL DOS EDITORES DE LIVROS, RJ

S598s

Simas, Luiz Antonio
    Sonetos de birosca e poemas de terreiro / Luiz Antonio Simas. – 1. ed.
– Rio de Janeiro : José Olympio, 2022.

    ISBN 978-65-5847-108-0

    1. Poesia brasileira. I. Título.

22-79076   CDD: 869.1
                  CDU: 82-1(81)

Meri Gleice Rodrigues de Souza – Bibliotecária – CRB-7/6439

Copyright © Luiz Antonio Simas, 2022

Projeto gráfico, lettering e fotografias: Leonardo Iaccarino
Fotos de capa feitas no Bar Varnhagen, Tijuca, Rio de Janeiro.

Este livro foi revisado segundo o novo Acordo Ortográfico da Língua Portuguesa.

Todos os direitos reservados. Proibida a reprodução, o armazenamento ou
a transmissão de partes deste livro, através de quaisquer meios, sem prévia
autorização por escrito.

Reservam-se os direitos desta edição à
EDITORA JOSÉ OLYMPIO LTDA.
Rua Argentina, 171 – 3º andar – São Cristóvão
20921-380 – Rio de Janeiro, RJ
Tel.: (21) 2585–2000.

Seja um leitor preferencial Record.
Cadastre-se em www.record.com.br
e receba informações sobre nossos
lançamentos e promoções.

Atendimento e venda direta ao leitor
sac@record.com.br

ISBN 978-65-5847-108-0

Impresso no Brasil
2022

SONETOS DE BIROSCA & POEMAS de TERREIRO

LUIZ A. SIMAS

1ª edição

RIO DE JANEIRO, 2022

JOSÉ OLYMPIO

À GUISA de EXPLICAÇÃO

BIROSCA

expressão popular que designa pequenos armazéns, botequins ou mercearias. É também um dos nomes que possui, em algumas partes do interior do Brasil, a bola de gude.

TERREIRO

palavra dicionarizada como porção de terra plana ou espaço de terra batida e sem cobertura, que aqui ganha outro sentido. Por terreiro, entendo ser, a partir do uso da expressão por macumbeiras, brincantes, foliões, sambistas, mestras e mestres das culturas populares, qualquer espaço praticado na dimensão do encantamento do mundo: a esquina, a encruzilhada, a praça, a praia, o quintal, a roça de candomblé, o campo de futebol, a barraquinha da quermesse, o próprio corpo que samba. E as biroscas, é claro.

SON

DE

B

E TOS

ROSCA

BAL-
CÃO

NO BALCÃO

No jogo da porrinha peço lona
Com baixo desempenho, anjo torto
Muito longe da zona do conforto
E confortável no calor da zona

Mais do torresmo que do caviar
Da flor do lodo que dos bugarins
Ignoro quem prefere ignorar
A importância dos botequins

Rabisco na birosca a beleza
Da vida que vejo na miudeza
De um balcão com salaminho, queijos

Tremoços, alhos, ovos coloridos
Biricoticos clássicos, sortidos
E um São Jorge entre azulejos

PiMENTAS

PIMENTAS

A ponta prolongada é o bico
Que define o nome da pimenta
De sabor suave, e eu salpico
A biquinho em tudo que me tenta

Réu confesso, adoro da ardida
Cumari ou caiena, malagueta
E entre todas (bem mais difundida)
A pimenta-do-reino branca, preta

O jalapenho que se colhe verde
É quem nos tacos e burritos arde
Conforme gostam muitos mexicanos

Quando colhida no próprio pé
Tem a força de Exu no axé
E alegra a festa dos ciganos

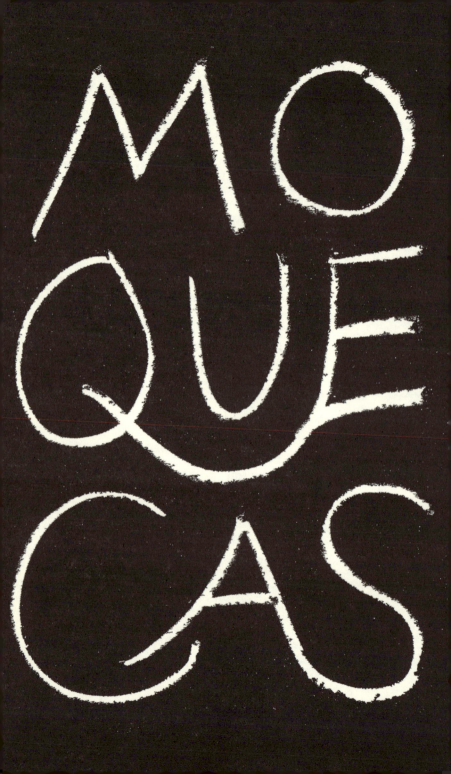

MOQUECAS*

Até tremelicar o chão da taba
O baiano que come a moqueca
Periga padecer de enxaqueca
Diante de um prato capixaba

Pode sobrar até pra qualquer um
Quando o coro come no ilê
Entre o povaréu do urucum
E a rapaziada do dendê

De posta de badejo, namorado
Pirarucu, robalo ou pintado
Se faz a opokeka parauara

Com caldo de jambu e tucupi
Moqueca também pode ser tupi
Além de bakongo ou caiçara

*A moqueca baiana leva azeite de dendê.
A capixaba leva urucum e azeite de oliva.
A paraense leva ingredientes da Amazônia.
Há divergências também sobre a origem do nome,
que viria do quimbundo mu'keka: caldeirada de peixe,
ou do tupi opokeka: fazer embrulho.
A primeira hipótese parece ser a mais provável.

QUESTÃO de GOSTO

QUESTÃO DE GOSTO

Confesso que não gosto de buchada
E desconfio de sarapatel
Não obstante, tragam a rabada
E se sobrar, caprichem no pastel

Não vejo tanta graça em quiabo
À lagosta, prefiro camarão
De um porco só não como o rabo
O resto sempre cabe no feijão

Afaste-me da carne bem-passada
E faça, por favor, a marinada
Com louro e limão, cerveja preta

Para banhar a peça de lagarto
De resto, seja lá qual for o prato
Castigue na pimenta malagueta

FILÉ À OSWALDO ARANHA*

No Cosmopolita, Oswaldo Aranha,
Do bar, um famosíssimo cliente,
À alcatra, maminha e picanha
Preferiu um filé bem diferente

De corte alto, sempre temperado
Que preparado sem maior estorvo
Chega regiamente acompanhado
De arroz branco, farofa de ovo

Batatas portuguesas, não palito!
Dentes de alho macerados, fritos
Cobrindo o filé: eis o regalo

E por favor, evite o cafife
Nada de ovo por cima do bife
(Deste modo seria a cavalo)

*Nas legendas dos botequins cariocas, constam que foi no
Cosmopolita, na Lapa, que o chanceler Oswaldo Aranha
teria criado o filé que passou a levar o seu nome.
O bife a cavalo é aquele em que a carne vem com um ovo
frito por cima. Daí se dizer que é um bife com um ovo que
vem encavalado, montado na carne.

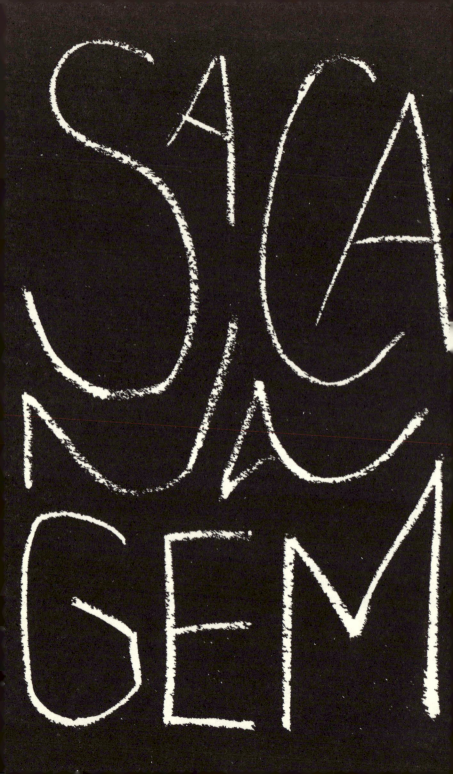

RECEITA DE SACANAGEM*

Com astúcia de um bom sacana
Que conhece balcão de botequim
O velho na birosca suburbana
Descasca ovo como espadim

De desenrolo mais que de porrada
Entre tremoços e alhos à mesa
O coroa derruba a malvada
E a quem quer, ensina com presteza

A elaboração da iguaria:
Sacanagem se faz com maestria
Cumprindo o antigo requisito

Afinal também é artesanato
Enfileirar salsicha, queijo prato
Pimentão e presunto num palito

*Existem variações quanto aos ingredientes da sacanagem. Em muitos casos, o petisco leva azeitonas, salaminho ou mortadela no lugar do presunto. Sobre o nome, uma versão diz que era comum que, em alguns palitinhos, as pessoas colocassem um pedaço de alho cru no lugar do queijo, o que seria uma tremenda sacanagem com quem comia sem perceber. A outra versão, que me parece mais provável, é a de que o fato de um ingrediente vir trepado em cima do outro, no mesmo palito, já diz tudo: é uma sacanagem generalizada, com o queijo trepando no pimentão, a salsicha por cima do presunto e por aí vai.

TOR
RES
MO

DESCULPAS AO PORCO
(O TORRESMO)

Não afirmo ser coisa do divino
Conduzir-te até o meu estrombo
Réu confesso, lamento teu destino
Pingo limão galego no teu lombo

Na meiuca da cidade insana
Sou mais um que caminhando a esmo
Busca praticar a fé que emana
Do ato de comer um bom torresmo

Decerto os melhores são de Minas
Mas aqui, em recônditas esquinas,
Te devoramos como os malinos

E quixotes ébrios te saudamos:
Perdoai nossa sanha de humanos
Na paz do paraíso dos suínos

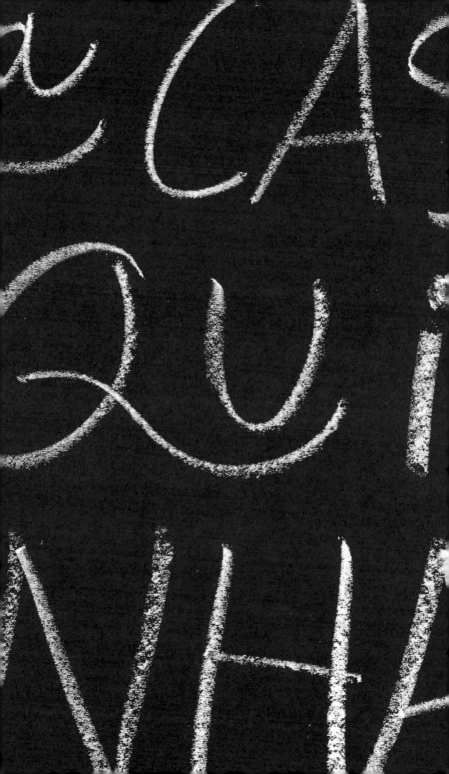

A CASQUINHA

Pegue o puçá, fique na espera
E pesque entre goles de cachaça
Limpe os siris, bote na panela
Tirando com cuidado carapaças

Desmariscar siri é uma arte
Para deixar o bicho decomposto
E a carne, guisada, se reparte
Depois de temperada ao seu gosto

Com o azeite de dendê, salsinha
Alho, pimenta, salsa, cebolinha
Para a euforia do palato

Gratinada, sai do forno e chega
No boteco, na tasca, na bodega
Na casca que lhe serve como prato

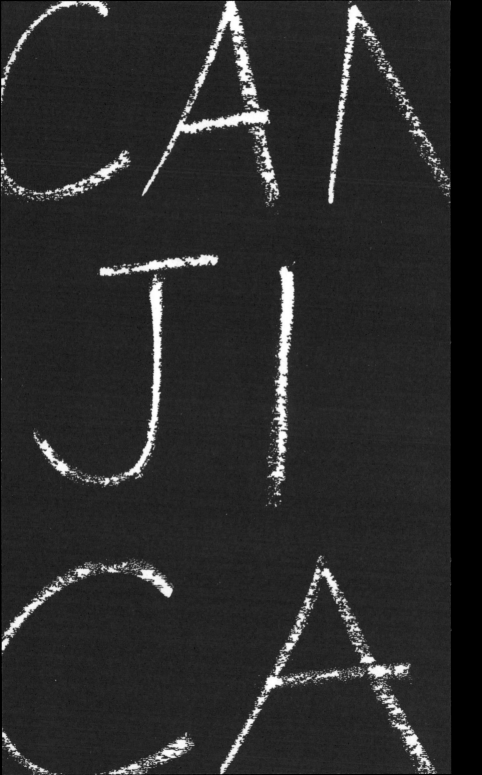

CANJICA

Tem mungunzá, canjica, piruruca
Servida em cumbuca ou tigela
Numa feira, na festa, na baiuca
Temperada com cravo e canela

Deleite da avó e do pirralho
Na casa do Obá Elegibô*
No forró junino em Paudalho
Caruaru, Campina, Salvador

São tantos nomes que ninguém explica
Canjica é curau, que é canjica
(Depende do lugar da iguaria)

Eu chamo como mãe me ensinou
Da forma que chamava meu avô
E o meu neto chamará um dia

*Obá Elegibô é um título de Oxalá, orixá que come
canjica de milho branco. Dependendo da região do
Brasil, o nome do alimento muda e a receita sofre
variações. O que no Rio de Janeiro é canjiquinha,
pode ser mungunzá nos estados do Nordeste. O que
o pernambucano chama de canjica, é aquilo que o
sudestino chama de curau, por exemplo. No fim das
contas, o que me importa, mais que o nome, é o gosto.

VAGA BUN DO

VAGABUNDO

Vag é aquele que vai sem destino
Barco em mar alto sem porto certo
Bundo, o complemento, é latino:
"propenso a", de peito aberto

E há quem ache que é xingamento
Que sacaneia aquele que flana
Mas andarilho foi Senhor São Bento
Que deu um nó na cobra caninana

Eu sempre preferi minha matilha
Pois não nasci pra chefe de família
E sou da pemba de Seu Viramundo

Só não me chame de homem de bem
Sou mais de saravá que de amém
E, com todo respeito, vagabundo

ENCONTROS em MANGUEIRA

ENCONTROS EM MANGUEIRA

Ludwig van Beethoven poderia
Ter nascido em uma encruza brasileira
Pra tocar tantã na Nona Sinfonia
Numa ode à alegria em Mangueira

Imagine Bach no Pendura Saia
Com Pelado, Schoenberg, Smetana
No underberg com Cachaça e Zagaia
Ensaiando uma cantata suburbana

Clara Schumann, amiga de Dona Zica,
Comporia uma peça pra cuíca
No alto onde o morro bica o céu

Dona Nelma, com Chopin ao piano,
Cantaria, pastora mezzo-soprano,
A "Alvorada" de Cartola pra Ravel

MUNDANOS
(inspirado na série desenhos de Cecília
Meireles "Batuque, samba e macumba")

Se Di Cavalcanti pintou a rua
A puta, o malandro no Chichorro
Arostegui pintou a Nicarágua
Renoir, a mulher e o cachorro

Jorge Amado, Obá da Bahia
Procedeu de maneira indevida
Profanando a norma que havia
Ao sagrar, não o livro, mas a vida?

Ismael, lá no Largo do Estácio,
Bem longe da Acrópole, do Lácio
Inventou o bumbumpaticumbum

Que Cecília, na ponta do lápis
De cera e bem longe de Paris
Desenhou sob a lua de Ogum

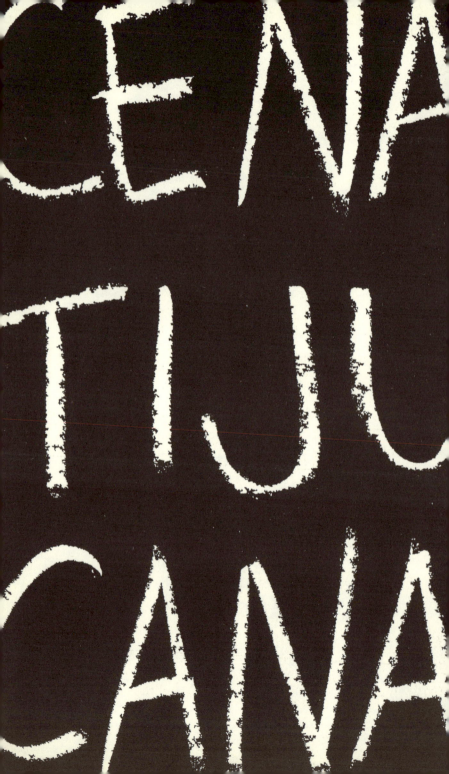

CENA TIJUCANA

As maritacas cantam na Tijuca
Do morro do Turano vem o sol
O bêbado, à lua que caduca
Encontra o atleta matinal

Quando o cão madrugador passeia
Entre eles, não há o cumprimento
O bêbado refuga, cambaleia
O atleta faz seu alongamento

Como fossem inconciliáveis
Cada um com segredos insondáveis
A quem passa reparando a cena

O bêbado, da noite exilado
O atleta que vai acelerado
Bufando pela praça Afonso Pena

INFÂNCIA

INFÂNCIA

Cresci vendo erê em cachoeira
E nos domingos de Maracanã
Jogando pera, uva ou maçã
Nos tempos da Ducal e Bemoreira

Lá em Porto das Caixas (sacrilégio!)
Tinha medo da sala de ex-voto
E temia, como qualquer garoto
A loura no banheiro do colégio

Vibrava com lutas de telecatch
Esperando na hora do cacete
A vitória do Ted Boy Marino

Sendo mais do Grapette que do mate
Com a manha de amarrar Kichute
Na franzina canela de menino

PIPAS

Rompe o céu como seta
Debicada, rebimbola
Jereco, pião, pepeta
Arraia sem rabiola

Dragão, catreco, joeira
Com apenas uma vareta
De papel de pão, fuleira
Sem cerol, a capucheta

Papagaio almeja o sol
Doma a chuva, para-raio
Pinta o azul quando sobe

Como Garrincha na finta
Namorando (Zé Pelintra)
As estrelas de Van Gogh

BOLA de GUDE

BOLA DE GUDE*

Biloca, bolita, carambolinha
Berlinde, fubeca, burca, bilica
Ximbra, bila, pêca, cabiçulinha
Bugalho, boleba, bula, tilica

Tantos nomes para a mesma bola
De gude, como chamo, carioca
Que brincava na rua, na escola
Sem maiores talentos, meia-boca

O jogo predileto é a búlica
Para quem o triângulo complica
E no "mata" suspeita do azar

Ao mundo do menino dão sentido
As bolinhas de vidro colorido
Saídas do pequeno polegar

* A versão mais provável para a expressão bola de gude
é que ela seja derivada do minhoto godê, pedra
pequena, lisa e redonda. A bola recebe, em distintas
regiões do Brasil, os diversos nomes citados no poema.
Dentre as variações mais famosas do jogo estão
a búlica, o triângulo e o mata-mata.

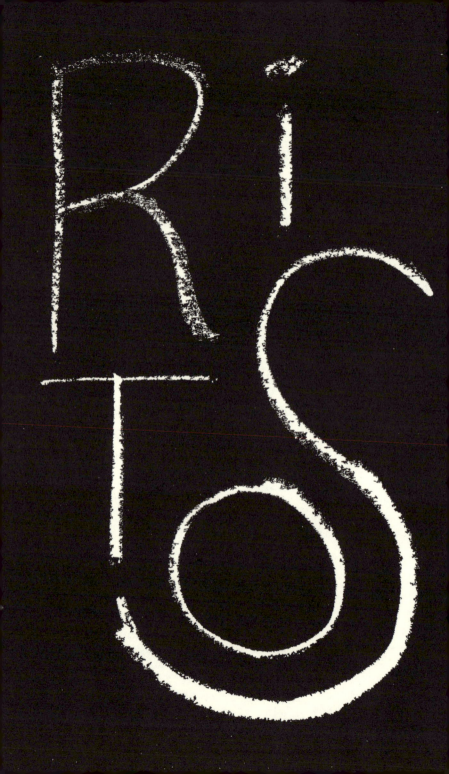

RITOS

Eu gosto mais do rito que da fé
E rezo o rosário da Madona
Vejo Deus em jogada do Pelé
Na ginga do Mané, no Maradona

Para São Longuinho pulo e grito
Venero Pixinguinha no altar
Por Nelson Cavaquinho acredito
No samba como forma de rezar

Bato cabeça e tomo a bênção
Enquanto ouço como oração
Um contracanto de Ivone Lara

Peço licença em qualquer porteira
É do santo o gole d'abrideira
Na chuva peço sol a Santa Clara*

*Em certa ocasião, Santa Clara teria parado a chuva que
inundou uma aldeia ao receber, de vítimas da enchente,
tudo aquilo que lhes restara: ovos de galinha. Vem daí
a tradição de se oferecer ovos pedindo a Santa Clara
o tempo bom. Há quem os quebre no telhado.
Dona Ivone Lara era sua devota.

A CHEGADA DOS BICHOS*

O avestruz, a águia e o burro
São da trinca que chama a bicharia
Depois a borboleta e o cachorro
Trazem a cabra para a loteria

O carneiro, o camelo e a cobra
Recebem o coelho e o cavalo
Reticente, a memória recobra
Que após o elefante vem o galo

O gato, o jacaré e o leão
O macaco, o porco e o pavão
Vaidoso com o seu canto pupilado

Tem peru, touro e tigre no percurso
O vinte e três é o amigo urso
E vem, antes da vaca, o veado

*O jogo do bicho, criado no zoológico de Vila Isabel, Rio de
Janeiro, pelo Barão de Drummond, se baseia na existência
de 25 animais. A ordem dos bichos é a expressa no soneto.
O primeiro bicho sorteado, nos idos de 1893, foi o avestruz.

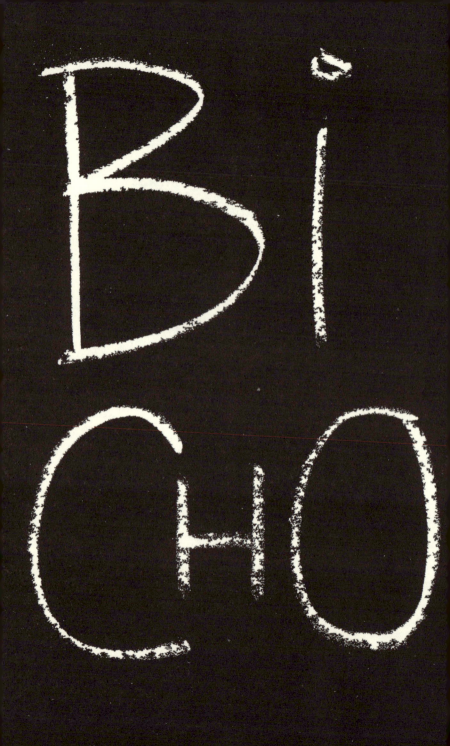

COTANDO O BICHO*

No dia de São Jorge, em abril
Na falta do dragão na zooteca
A banca adota velho ardil
Cotando o cavalo em merreca

No dia da Portela campeã
(Conquista que já foi mais rotineira)
A banca determina: amanhã
Cotem a águia em Madureira

O bicho tem lá sua compliance
E quem quiser fazer a fé que dance
Nos conformes da música tocada

Quando o Maradona foi oló
Malandro apostou no dez sem dó
E a milhar do burro foi cotada

*No jogo do bicho, cotar significa estabelecer que
determinada milhar não pagará o prêmio integral, caso
saia. Em geral cotam-se as milhares que serão muito
apostadas em virtude de alguma circunstância especial
e podem quebrar a banca se forem sorteadas (como é o
caso das milhares do cavalo no dia de São Jorge).

O SONHO & O PALPITE

O SONHO E O PALPITE

Macunaíma joga fliperama
Nijinski rebola em Madureira
Walter Benjamin pede uma Brahma
Num velho botequim de saideira

Cai na Penha bordando a igreja
A noite estrelada de Van Gogh
E de headphone causando inveja
Vai *La Belle de Jour* com seu buldogue

Diante do sonho, Sigmund Freud
Pergunta se Seu Zé Pelintra pode
Dar algum palpite sobre a sorte

(Pra jogar no milhar e na centena
Invertendo o duque de dezena)
Do resultado que vai dar no poste*

*Deu no poste é expressão muito comum na cultura
jogo do bicho, já que os resultados dos sorteios
costumavam ser pregados em postes próximos às
bancas dos apontadores do jogo. O costume hoje
vai ficando mais raro, já que os resultados costumam
ser divulgados, inclusive, pela internet.

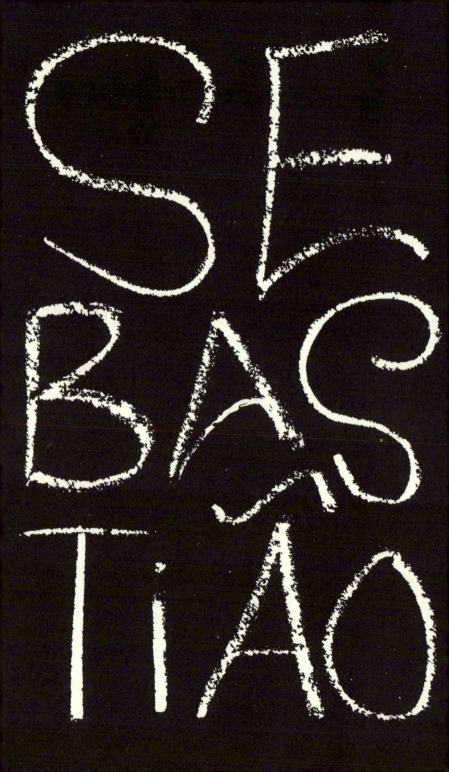

SEBASTIÃO, O CARIOCA

Soldado, beato e milagreiro
Martirizado e suposto casto
Toda cidade tem seu padroeiro
E os santos que chegam no arrasto

Ocorre-me pensar neste riscado
No Rio de Janeiro, por exemplo,
Que a Sebastião, corpo flechado,
É terreiro consagrado há tempo

Aqui ele divide primazia
(Odé da nossa gente arengueira)
Com Jorge, o caboclo da Turquia

Protetor de puteiros, botequins
Com pelintras, malandros, pombagiras
Pierrôs, colombinas, arlequins

A ORAÇÃO TATUADA

A lua prateia a Etiópia
E clareia a casa do guerreiro
Da Capadócia, na Anatólia
Das ruas e botecos brasileiros

O dragão da maldade brocha, tomba
À destreza da lança que empunha
Com a mandinga de jongueiro cumba
O santo protetor da Catalunha

Tem cerveja logo depois da missa
O feijão, o paio e a linguiça
A imagem levada no alforje

E no braço do velho da curimba
A reza tatuada na mandinga:
"Vestido com as armas de São Jorge"

O GOL*

Quando, por três, Tostão passa ciscando
Metendo caneta em Bobby Moore
A velha Albion cai no gramado
E a flecha entorta Excalibur

Cruzada, a redonda vê o Rei
Soberano como o Manicongo
Que preciso como arqueiro zen
Sente um furacão rente ao ombro

E a bola, rolada com brandura,
Só espera a bomba do Miúra
E é gol do sete marupiara!

Socam o ar canários amarelos
Feito as ibejadas nos terreiros
No meio-dia de Guadalajara

*O soneto descreve a jogada do gol de Jairzinho, o Furacão,
no jogo Brasil 1 x o Inglaterra, pela Copa do Mundo de
1970. Depois de grande jogada de Tostão pela esquerda
do ataque, a bola cruzada encontrou Pelé, que apenas a
matou e rolou para Jairzinho bater contra o gol inglês.

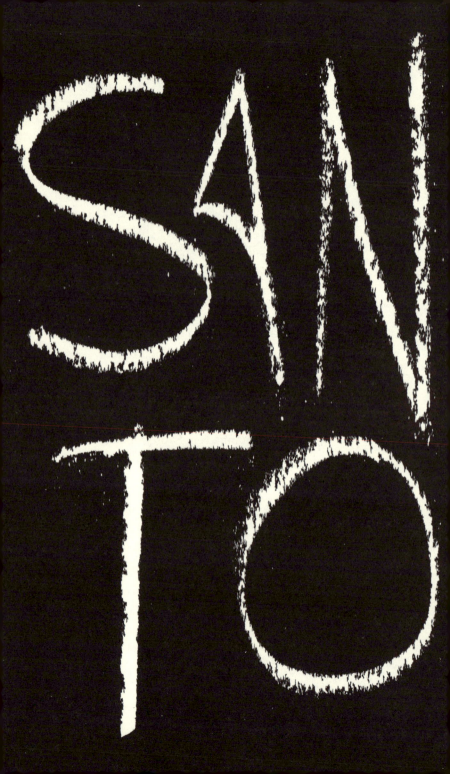

TERRA DE SANTO

De Siracusa é Santa Luzia
Santa Clara nasceu lá em Rimini
Da cidade de Salvador, Bahia
Vem Dulce dos Pobres e São Caymmi

Santa Margarida é da Escócia
De onde, aliás, é padroeira
Jorge é o santo da Capadócia
Cartola é o papa de Mangueira

D'Alemanha vem Santo Alberto
Santo Antão pregou no deserto
Santo Arnulfo nasceu em Flandres

Sara é cigana de Berenice
De Schaerbeek vem Santa Alice
São Mané Garrincha é de Pau Grande*

*Pau Grande, lugarejo onde nasceu São Mané Garrincha,
padroeiro dos que driblam os perrengues da má sorte,
é distrito da cidade de Magé, na Baixada Fluminense
do Rio de Janeiro.

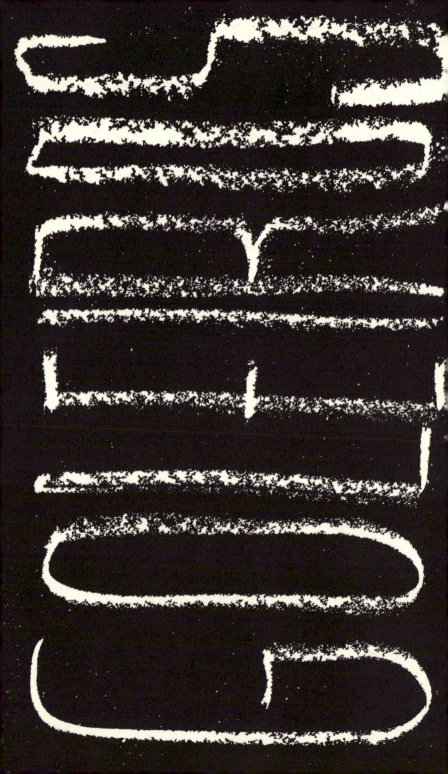

GOLEIROS

A bola tem fulgor de flor em penca
Numa pelada de mirins no Méier
Ou numa cavadinha à Panenka*
De sacanagem com Sepp Maier

O goleiro, no limiar da arte
Cercado de pombas e carcarás
Vive entre a sina e a sorte
De Jesus Cristo ou de Barrabás

Barbosa, na saga e na tragédia
Higuita, no drama e na comédia
Como Camus na África do Norte*

Foram goleiros, souberam no frango
Que todo jogo é como um tango
Bailado bravamente com a morte

*Antonín Panenka, jogador da Tchecoslováquia, consagrou
a cobrança de pênalti com cavadinha no jogo contra a
Alemanha do goleiro Sepp Maier, na final da Eurocopa de
1976. Por causa disso, o lance é conhecido como "cobrança
à Panenka". O escritor Albert Camus foi goleiro na Argélia
e escreveu sobre a experiência: "Tudo que mais sei sobre
a moral e as obrigações do homem devo ao futebol."

O OFÁ E O GOL*

O Ofá de Odé procura a caça
Que alimentará o Araketu
A flecha, como o tempo, passa
Zumbindo som de agueré no gueto

Não mais que uma, mas suficiente
Caminha rente e além da estremadura
Traz Olorum ao céu do Oriente
Vê o alvo exatamente na costura

O gramado, encruzilhada ou reta
É o desafio que o corpo sonha
E o tempo ribomba em laroyê!

Quando percebe na defesa a brecha
(Cumpre-se a saga do orum no ayê)
E a bola vai como se fosse a flecha

*O soneto foi inspirado no gol de Paulinho, jogador da
seleção brasileira que disputou as Olimpíadas de Tóquio
2020, no jogo Brasil 4 x 2 Alemanha. O jogador, ligado
ao candomblé e filho de Oxóssi, comemorou com o gesto
de um caçador que atira a flecha e acerta a caça. O ofá
é o arco e flecha de Oxóssi, orixá que possui o título de
Araketu (o senhor do reino de Ketu) e tem como toque de
tambor característico o agueré.*

YOMA

O AMOR INCOMPATÍVEL

Te entreguei meu sonho mais bonito
Como aquarela do Carybé
Você me devolveu Romero Britto
Pintado na caneca de café

Quis te dar o desfile da Mangueira
Campeã em dois mil e dezesseis
Você nem esperou a quarta-feira
E disse preferir *Trinca de reis*

Você passou cerol na rabiola
Eu quis um futebol de Guardiola
Com o toque de bola como mote

No breque "tem o Chico Recarey..."*
Desisti do sonho e acordei
Sendo treinado pelo Celso Roth

Em 1989, a Mangueira desfilou com o enredo Trinca de
reis, *homenageando os empresários da noite Walter Pinto,
Carlos Machado e Chico Recarey. O enredo foi bastante
criticado e o samba é considerado por especialistas como
um dos piores da história da agremiação mangueirense.*

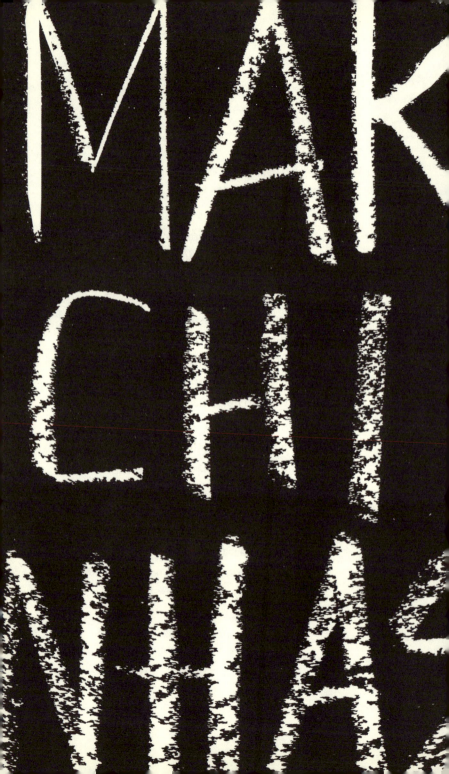

MARCHINHAS

João de Barro fez o "China Pau"
Orlando cantou a "Jardineira"
A cidade brincou o carnaval
O Zezé exibiu a cabeleira

Haroldo Lobo e Antônio Nássara
Cruzaram o Saara com a gente
E o sol que queimou a nossa cara
Não é o Bola, mas também é quente

Saudades da galinha carijó!
Diz o galo da marcha do Lalá
No meio da batalha de confete

Ignorado pela colombina
O pierrô namora a bailarina
Ao som da marcha-rancho do Zé Keti

na

FON

TE

NA FONTE*

Um dia, o Mussum deu a ideia
E Guineto na pilha do pitaco
Adotou e sacudiu a aldeia
Com o banjo num braço de cavaco

A Penha sambou no firmamento
Tremeu tamarineira no Cacique
Batendo o anel no instrumento
Ubirany criou novo repique

Como se pouco fosse o invento
O Sereno no surdo deu um tempo
E o tantã mudou a porra toda

No sapato, Bira ciscou no risco
Beth escutou e levou pro disco
A vida recriada como roda

*O bloco carnavalesco Cacique de Ramos, na década de 1970, começou a inovar o samba carioca, introduzindo, nas rodas, instrumentos como o banjo, o repique de mão e o tantã (ou tambora). Levada à roda do Cacique por Alcyr Portela, ex-jogador de futebol do Vasco da Gama, Beth Carvalho gostou e gravou o repertório saído das rodas do Cacique em álbuns históricos, como o Na fonte (1981).

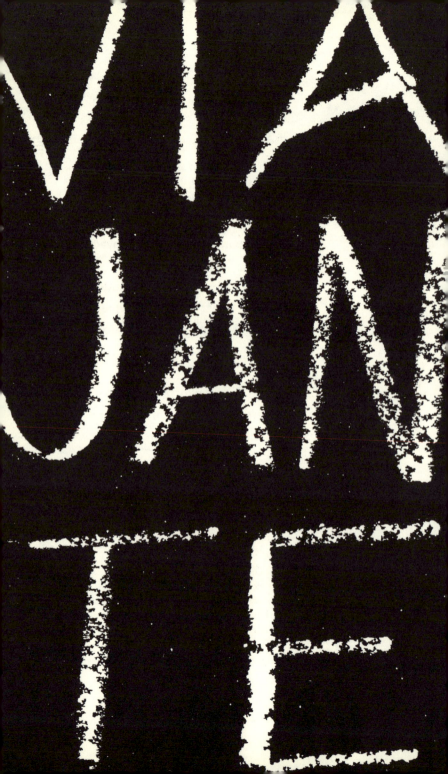

VIAJANTE

Eu nunca estive no Taj Mahal
Nem domei os camelos do deserto
Nunca vi a aurora boreal
Que deixou Galileu boquiaberto

Ainda não fui ao Museu do Prado
Mas um dia, quem sabe, eu chego junto
A Dubai, eu não vou nem amarrado
Antes me deem cravos-de-defunto

Estive em Shangai,* mas não na China
Falo do parque da Leopoldina
Lá na Penha, que se especifique

Bem distante da ilha de Manhattan
Pertinho da batida dos tantãs
Repiques e cavacos do Cacique

*O Shanghai é o parque de diversões mais tradicional
do Rio de Janeiro. Criado em 1919, o centenário parque
passou por diversos lugares, como o terreno em que hoje
está o Aeroporto Santos Dumont, às margens da baía da
Guanabara, e a Quinta da Boa Vista. Desde 1966, está
localizado na Penha, bem perto da igreja famosa.

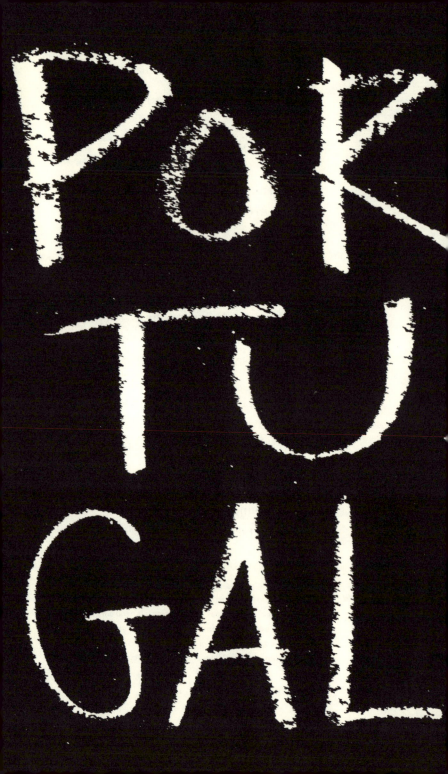

PORTUGAL PEQUENO

O que seria, cá pra nós, de mim
Sem o vinho e as amendoeiras
Sem as casas de vila, botequins
Cachaças, quindins, sonhos e alheiras

No mês de junho sem pular fogueiras
Sem violões, cavacos e sanfonas
As folias de reis, suas bandeiras
A tasca, o balcão, as azeitonas

Os ovos quebrados de Santa Clara
A dança do fandango caiçara
O azeite regando bacalhau

A cruz de Cristo do Vasco da Gama
No peito preto que não vem d'Alfama
E transgrediu na ginga Portugal

O NASCIMENTO DE LUIZ GONZAGA*

Zelação na fazenda Caiçara
É sorte na taipa em pau a pique
No São Francisco canta a Uiara
E a lua brilha no Araripe

Não carece maior alegoria
Como o drible no destino baldo
Nascer no dia de Santa Luzia
Ao rés do Crato de Cego Aderaldo

Retirem dos cavalos os antolhos
Se na cacimba sibilou a cobra
Pelo Exu assombram os aboios

Tange vaqueiro velha cordeona
Das equações, bem conhece a álgebra
Da vida, sabem foles da sanfona

*Luiz Gonzaga nasceu em 13 de dezembro de 1912, dia de
Santa Luzia (a protetora dos olhos), na Fazenda Caiçara,
município de Exu (PE), na chapada do Araripe. Exu é bem
perto do Crato (CE), lugar de nascimento de Aderaldo
Ferreira de Araújo, o Cego Aderaldo. Luiz Gonzaga,
em virtude de um acidente de carro ocorrido em 1961,
também perdeu a visão de um olho.

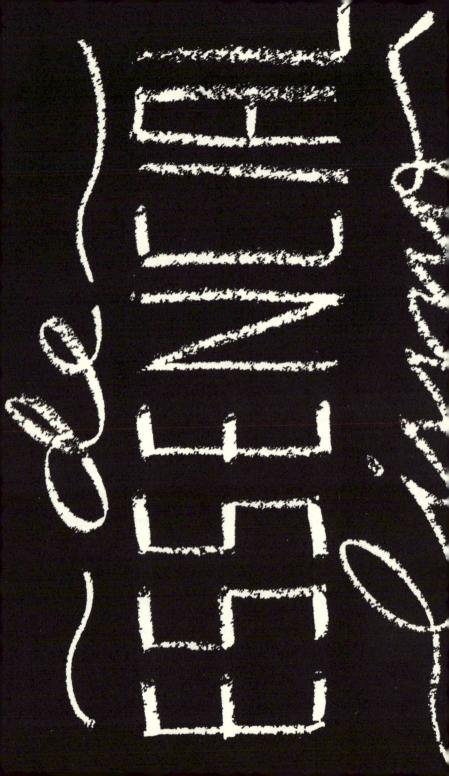

DESESSENCIALISMO

Sou do método e da mesa do santé
De ecocardiograma e rezadeira
Da ciência, do saião e da guiné
Cartesiano virado em Zé Limeira

Um pecador reverente a Jesus Cristo
Hamlet, xerelete e macambira
Spinoza, Zé Calixto, Exu Caveira
Batizado com a cachaça de tiquira

Onde regra de São Bento é a quizumba
Genuflexoriamente na macumba
Saravado em namastê, digo amém

Quarenta folhas maceradas na moringa
Sou serelepe, pererê e cafuringa
Sem ser isso ou aquilo: eu sou também

O NASCIMENTO DO FILÓSOFO

Bento Spinoza, em Curicica,
Na macumba de um contraparente
Viu caboclo falando pra Surica:
— Eu sou um mecanismo imanente!

No meio da gira, chegou Seu Zé
De linho branco, só no catecismo,
Dizendo de malandro pra Mané:
— Eu não quero caô de dualismo!

Naquela zona renasceu o mundo
Quando uma corja de vagabundos
Movidos à cachaça de tiquira

Vibrou quando que nem porta-bandeira
Cheia de conatus nas cadeiras
Spinoza virou na pombagira

SAGRADOS OBJETOS *

Xangô chama o fogo com o oxê
Oyá doma o vento com eruexim
O ofá do caçador é de Odé
O adê de Iemanjá é mar em mim

Oxumarê, do listrado peregum,
Traz dezesseis cauris no barajá
São sete as ferramentas de Ogum
Ajuberô, vodum do xaxará!

As três cabaças, mistério no ogó
De Elegbará, o Enugbarijó
O abebé com que Oxum se banha

O ibiri é o tempo de Nanã
No opaxorô, amparo de Babá
Canta operé, o pássaro de Ossanha

*É da tradição do candomblé que cada orixá possua objetos
que, sacralizados, remetam aos seus mitos e características.
É o caso do oxê, o machado de Xangô; o ofá, o arco e
flecha de Oxóssi; o abebé, espelho em forma de leque de
Oxum; o opaxorô, cajado de Oxalá; e Operé, o pássaro
que se destaca nas ferramentas de Ossanha, o senhor
das folhas, citado no poema ao lado de outros objetos.

KORIN-EWÉ*

Macera ipesan e apakó
Odundum, atori, semim-semim
Ajobi, peregum, ojuoró
Ewéré, folha fresca do alecrim

Macassá, ajuró, ewé mesan,
Abafe, dandá, olatorijé
Caruru, pimentinha, aridan
Alumon, oriri, eurepepé

E o sangue, extraído no sassayn
Evoca o segredo no korin
Que o babalaô imanta

No mistério evocado pela voz:
Quem encanta a folha somos nós
Ou somos encantados pela planta?

*No idioma iorubá, "korin" é canto e "ewé" é folha.
Korin-ewé seria, portanto, a canção das folhas.
O sassayn, ou sassanha, é o rito, no candomblé,
em que as folhas são maceradas para que se faça
o banho do omi eró, a água da tranquilidade.
Para cada folha deve ser cantada uma determinada
canção que evoca o axé – a energia – da planta.

PEDAGOGIA

Diga-me lá quem é bem-educado
O que conhece o livro e lê
Ou também é o escolarizado
No aguerê, o toque de Odé?

Há quem se ache dono do pensar
Versado no saber das Alemanhas
Que jamais saberia despertar
As folhas que acordam nas sassanhas

Quero Bach amigo de Pixinguinha
A sinfonia e a avamunha
A *Odisseia* e o barravento

O rio sagrado de Hölderlin
O toque desmaiado do igbin
Que marca no xirê o tempo lento

POE
de
TERR

MAS

EIRO

EXU

(Um poema para voz alta e tambor)

A marquise do velho Maracanã
O alegro da Nona sinfonia
O brilho intenso da Aldebarã
E os afrescos de Santa Sofia

A fina adaga de um tuareg
As arcadas do Taj Mahal
A noite estrelada de Van Gogh
Nas cavernas do neanderthal

A espada de Manolete
O chapéu de Seu Zé Pelintra
O tronco forte de um aríete
A bola sete de Carne Frita

O violino de Paganini
O berimbau de mestre Pastinha
O Arco d'Augusto de Rimini
Um mariô na porta da camarinha

Os minaretes da Jama Masjid
A Marienplatz na Baviera
As cartas de Verger para Bastide
O xerelete na folha de bananeira

O acaçá de Mãe Damiana
O caruru das sete crianças
Diadorim e o Tatarana
O Pancho Vila e o Sancho Pança

O calundu e a Missa do Galo
O agueré e a viola de gamba
Rodin no samba em São Gonçalo
Arjuna no terreiro de Matamba

Michelangelo na Sistina
Os ilekês nos Nibelungos
Mário escrevendo *Macunaíma*
Clementina cantando vissungos

Pelé driblando Mazurkiewicz
Camus comendo pastel de feira
Um cangaceiro lendo Dostoiévski
Um cossaco lendo Zé Limeira

Gingando longe da linha reta
Ele é o espanto da tabuada
Sem ponto final, é o etcétera
A puta e o santo na encruzilhada

A GIRA

Tantos mortos
Dançam na memória
De outros corpos.
Tantos vivos
Morrem todo dia
Mais que os mortos.
Tantos corpos
Dançam a alegria
E o espanto.
Outros tantos
Morrem vivos
No desencanto.
Tantos corpos
De sangue, carne,
Canto e movimento
Dobram o tempo
No avesso da morte:
Encantamento.

PADÊ & MADELEINE

PADÊ E MADELEINE

Seu Zé Pelintra baixou
Numa esquina brasileira
Onde Manuel Bandeira
Recitava Arthur Rimbaud
E a macambira fulorou
Na Serra da Borborema
Quando durante o poema
O próprio Rimbaud baixou

E disse pra Zé Pelintra
Que o balanço da canoa
É o barco que segue à toa
(A nossa Septuaginta)
Porque no país da finta
Malandro mesmo é Mané
Que mais do que Mallarmé
Soube entender Zé Pelintra

E Bandeira, incorporado,
Já não era mais Rimbaud
Falava feito um vovô
Preto Velho do Reisado
Que atendendo ao chamado
Afirmou que Baudelaire
Como bom filho de Odé
Precisava ser raspado

No terreiro de Mãe Zulmira
Com padê e madeleine
Até que chegou Verlaine
Com a dona Pombagira
E Bandeira, na canjira
Percebeu quando Rimbaud
Encantado, fulorou
Como a flor da macambira

OGUM

O Empire State, a ferrovia
de Georgetown, a primeira
Ponte da Revolução Industrial
E a ponte que cruza a baía

A arquitetura, como liturgia,
Da Abadia de Westminster
O ferro gusa da siderurgia
E o cano longo da Winchester

O novo Boeing sete oito sete
A renascença africana em bronze
Os nove andares do minarete
E a nave da missão Apolo Onze

O seppuku, ritual com a katana
O obé que corta o galo de Eleguá
A chaira que afia a lâmina
E a coifa que depura o ar

A marquise do velho Maracanã
O alto forno de Volta Redonda
O casco do navio *Aldebaran*
Os moinhos de vento da Holanda

O Pavilhão Le Corbusier
A Torre Eiffel de vigas treliçadas
Facões cruzados no maculelê
Espadins de catopês e marujadas

O espeto do churrasco na Tijuca
A enxada que usa o maratimba
O cabo do bonde do Pão de Açúcar
O arame do berimbau de Bimba

Tudo isso vem da tecnologia
Do pau a pique à laminação do aço
O elevador Lacerda, na Bahia
O Sputnik piscando no espaço

A força do fuzil vietcongue
E os motores da Fórmula Um
Facas forjadas no ferro do sangue
De azeviche do axé de Ogum

OS PEIXES
(Às Filhas de Yemanjá)

Quando o mar morou em mim
Entre corais e albacoras
Fui um barco sem arrais
Que só a mãe ancora

A memória liquefeita
Aconchegou o tempo da maré
Em cardumes, tsunamis, seixos e arraias
Ribombando em ondas sem cronologia
Como se os faróis, além de Alexandria,
Luzissem marujos no ariaxé

E ela era eu
Mãe de robalos, tainhas, xereletes,
Pargos, corvinas e badejos
Dançando entre mariscos
E caranguejos

E o cordão umbilical da ligação
Entre placenta e feto era feito
De miçangas transparentes
Contra egum, wáji, ekodidé,
osum, obi, efum
E outros secretos
Que meu resguardado ori
Guarda e escarafuncha
Entre o delogum, os camisus e as anáguas

E foi como se o corpo fosse apenas concha
E como se a vida fosse apenas água

O SOL E O URUCUM (OBÁ)*

O sol que incendeia amarelo
Se avermelha como o urucum
Se a amazona prende os cabelos
E desafia o guerreiro Ogum

Com a coragem e a confiança
Zingra da dor, acaricia o cobre
A feiticeira brande, enquanto dança
O firme escudo, o afiado sabre

A guerra ensina e não se conforma
Com os caprichos de mulher zarelha
Franze o rosto que a mão adorna
Como um brinco, mas não há orelha

Obaxirê, Senhora de Elekô
Peito guerreiro onde a paixão pipoca
Como o insano e furioso amor
Ribomba gozo e som de pororoca

*O poema evoca um dos mais poderosos mitos de Obá,
orixá guerreira que, apaixonada por Xangô, cortou
a própria orelha para oferecer a ele, iludida por uma
mentira contada por Oxum, que afirmou ter feito a
mesma coisa para contentar Xangô. Furioso com Obá,
Xangô a expulsou de seu reino.

TAMBOR É LIVRO*

A calma do toque do igbin
Embala os passos de Orixalá
Na paciência funfun do alfenim
Feito a florada do pé de manacá

Mora a força do talo da juta
E das bigornas forjadas por Ogum
No escarcéu que alardeia a luta:
Dos tambores que tocam adarrum

Mais ancestral que o tai chi chuan
Em Dassa-Zumé dança a avó
No canto lento que chama Nanã
Marca ogã o tempo do sató

Ouve o jinká, Yemanjá mareia
Arde a fogueira ao som do alujá
O corpo carpe, mas também vadeia
Capina e sangra, mas sabe dançar

*O poema evoca e cita 21 toques de tambor das tradições
dos candomblés das nações de Ketu, Jeje e Angola. Cada
toque evoca a presença de uma determinada divindade.

O rei tem fome!, bate opanijé
O ijexá com a mão é que se toca
A flecha voa ao som do agueré
O oguele ribomba a pororoca

O adabi evoca o nascimento
No sincopado de Osheturá
Do dono do corpo em movimento
Okan Mimó, Exu Odara, Eleguá!

De Angola, o vento traz cabula
Barravento, toruá, congo de ouro
Lunda-Quioco, a tua reza cura
E é mais bonita com a mão no couro

Bravum, vamunha e korim-ewé
Fonte sonora que nem tempo seca
Ilu, vassi, runtó, tonitobé
Todo tambor é uma biblioteca!

NASCIMENTO
da
VACINA

O NASCIMENTO DA VACINA*

O elegun de Ibadã dança com o xaxará
E o sol do meio-dia, sertânico, ardente
Parece não estar a uma distância, da Terra,
De cento e quarenta e sete milhões
De quilômetros no periélio, aproximadamente

Tucídides escreveu sobre estranha epidemia
Que matou um terço da população de Atenas
E furiosa como zinca, aportando com Pizarro
Na América, atingiu o inca

Até que um dia saiu pelo mundo o preto vestido
Com fibras do dendezeiro desfiadas
Que cobriam, da cabeça aos pés, as suas chagas
A terra em fogaréu secou o mururé
E o som saído de suas entranhas ecoou
Como o toque do opanijé

Omolu é o orixá dos candomblés ligado aos mistérios da doença e da cura. Em alguns mitos, teria sido vítima da varíola quando criança. Ao dançar, Omolu balança um chocalho, o xaxará, que traz a saúde. O banho de doburu, a pipoca de Omolu, é também poderoso ritual de cura. O inglês Edward Jenner foi naturalista, médico e um dos pioneiros da técnica de vacinação, criou a vacina contra a varíola ao observar ordenhadoras de vacas e constatar que a varíola bovina, bem mais branda, imunizava aquelas que tinham contato com a varíola humana.

E todos os bichos, árvores, voduns, orixás,
Inquices, santos e caruanas
Saudaram o rei com orikis, ofós e adurás
E comeram aberém, doburu e mugunzá
Sem o mel, o caranguejo e a cajarana

E o mundo então incendiou-se no
        [calor do sol
Como se até as geleiras fossem o sertão
        [do Seridó.
Silêncio! Atotô!
A terra arde em febre
É o Rei fazendo ebó.
"Eu sou a doença e sou a cura"
Disse ele, sacudindo para o mundo
Seu chocalho de sementes enfeitado
Com búzios, contas e cabaças

Naquele momento em que o Rei da Terra
Tocava o xaxará como maraca
Edward Jenner reparou, na Inglaterra,
Que a varíola não atingia as mulheres
Que ordenhavam vacas

OBATALÁ

O caracol dança no tempo lento
Suave, imponente, vago cicerone
Como quem leva a casa no andamento
Do adágio em sol menor de Albinoni

O guerreiro soca no pilão inhame
Em ritmos constantes no batedor
Num alegro de contínuo rame-rame
Entre os cantos ao Elegibô

A bata funfun como o alfenim
Na cambraia do algodão tecida
O banho no ori com água de canjica
O ilekê com sete contas de marfim

O sentimento do mundo, a nuvem
A cimitarra e os idés de prata
O odundum, o boldo e o cecém
O canto de guerra e a sonata

Os cerebrinos de João Cabral
E o coração selvagem de Gauguin
Moram juntos no corpo catedral
De quem leva no ori Oxaguian

A paciência do jogo de xadrez
E a angústia do judoca sem dojô
Vivem, como folga e rigidez,
Em quem se ampara no opaxorô

E o velho ensina, enquanto eu lesmo
E o jovem afirma a força do arqueu:
Quem me destrói, senão eu mesmo
Quem me constrói, só mesmo eu

DRUM

MILÁ

os 256 ODUS

ORUNMILÁ
(os 256 odus)*

O desassossego é irmão do sono
A diversão é irmã do tédio
O cuidado é primo do abandono
O veneno é o gêmeo do remédio

O sagrado tempera o profano
A noite se aquieta na alvorada
O acento justifica o átono
O mar da reta é a encruzilhada

A concha aconchega o sururu
E pode ser, da pérola, o colo
Oxalufã se completa em Exu
É Dioniso que define Apolo

A pombagira, na Lapa e em Aranjuez,
Gargalha mesmo quando a alma chora
E o espadim de um anime japonês
Seduz erês como se fosse o Caipora

*Orunmilá é o orixá do destino. Comanda o oráculo de Ifá,
sistema adivinhatório iorubá composto de 256 signos
(os odus). Cada odu é composto de poemas que relatam
os mitos dos orixás e apresentam, segundo a tradição,
todas as possibilidades que podem ocorrer na vida
de uma pessoa.

Pois Patativa foi poeta, como Whitman
Cada um tendo lá o seu sotaque
Goza o marujo, como canta acauã
No Assaré ou no porto de Nova Iorque

Moram em mim o beduíno, o caiçara
A babka judaica e o kibe
Feito poeira que sopra do Saara
Para formar as praias do Caribe

E toda fixidez é o que seca
Tanta beleza que mora no talvez
Não há apenas uma biblioteca
Mas sim duzentas e cinquenta e seis

O PÉ DE EXU E A MÃO DE DEUS

(A BALADA DE DIEGO MARADONA)

O PÉ DE EXU E A MÃO DE DEUS
(A BALADA DE DIEGO MARADONA)*

O jogo veio sisudo das europas
De bolas altas, para altas copas
Mas aqui as plantas são rasteiras
São outros ziriguiduns e alaridos
E o passo de tango, e a ginga das capoeiras
Do deserto patagão às altas cordilheiras
Transformou o jogo na vingança dos fodidos

A bola é uma dama cortês
Que baila com Diego Maradona
O tango da insônia do zagueiro inglês
Diante do artilheiro que, como galo de rinha,
Afronta o espaço, enlouquece a hora
Com as chuteiras entre nuvens e esporas
Ciscando o pesadelo da terra da rainha

*Dia 22 junho de 1986, Diego Maradona marcou os dois
gols da Argentina na vitória sobre a Inglaterra, na Copa
do Mundo do México. O primeiro gol foi marcado com
a mão, em lance flagrantemente ilegal e ignorado pela
arbitragem. Maradona justificou o fato dizendo que a mão
que socou a bola não foi a dele, mas a de Deus. O segundo
gol, considerado por muitos o mais bonito da história
das Copas do Mundo, foi marcado com o pé esquerdo, em
jogada em que Maradona driblou seis adversários e rolou
a bola para as redes.

O diabo mora no meio do fogaréu
O anjo bate asas acima da fogueira
E se alimenta do calor da chama
Como se o inferno fosse a terra inteira
E o paraíso, entre o tango e a canção napolitana,
Fosse azul, não como o céu,
Mas como o chão da Bombonera

Tua alma, entre a álgebra e a lua rara,
É a América ébria de Gardel, Evita, Perón
        [e Che Guevara
De milagres prenha e dos meninos rotos.
Teu futebol foi um túmulo de ateus:
Afinal como pode o pé de Exu canhoto
Viver no mesmo corpo da mão de Deus?

ANÇÃ

do

NVIÁV

EXÍLIC

A SAIDEI

CANÇÃO DO INVIÁVEL EXÍLIO
(A SAIDEIRA)

Minha terra tem etús
Onde cantam akukós
Anunciando as manhãs
Com a força dos ofós.
Tem balcões onde cotejo
Como os chopes são tirados
A crocância do torresmo
O lombo de porco assado

Minha terra tem suru
Voando sem rabiola
Tem dendê no caruru
E erê jogando bola.
Tem ebó contra traíra
Bem-te-vi no lusco-fusco
Alambique e sambiquira
Aldir Blanc e João Bosco

Minha terra tem cará
Leite de coco no milho
E o Samba do Irajá
Como canção do exílio.
Tem palhaço de folia
Bate-bola e baticum
Frevo do Antônio Maria
Guisado de guaiamum

Minha terra tem Mané
Elza, Elis, Morengueira
Zazumba no arrasta-pé
O cumba Wilson Moreira.
Mestre André, no agueré
Mestre Bimba, o capoeira
Missa, quermesse, xirê
Giro da porta-bandeira

Minha terra tem macumba
Tem ciranda e ladainha
Ponto de Ogum de Ronda
Reza de salve-rainha.
Urubu do Tom Jobim
Baile charme em Madureira
Tem posta de surubim
Na folha de bananeira

Minha terra tem fantasma
Como a loura do banheiro
Receita de cataplasma
E São Jorge no puteiro.
Villa-Lobos, Zé Limeira
Fandango, samba de roda
Limão, pimenta-de-cheiro
Temperando a porra toda

Minha terra tem Kichute
Mate, mote e sacolé
Todo tipo de quitute
Toda forma de migué.
Tem estrela incendiada
Na fundanga de Seu Sete
Macambira fulorada
Marujada e xerelete

(Não permitas Deus que eu morra
Sem tomar a saideira
No meio da algazarra
De um botequim em Mangueira)

SUMÁRIO

SONETOS DE BIROSCA

No balcão 9

Pimentas 11

Moquecas 13

Questão de gosto 15

Filé à Oswaldo Aranha 17

Receita de scanagem 19

Desculpas ao porco 21

A casquinha 23

Canjica 25

Vagabundo 27

Encontros em Mangueira 29

Mundanos 31

Cena tijucana 33

Infância 35

Pipas 37

Bola de gude 39

Ritos 41

A chegada dos bichos 43

Cotando o bicho 45

O sonho e o palpite 47

Sebastião, o carioca 49

A oração tatuada 51

O gol 53

Terra de santo 55

Goleiros 57

O ofá e o gol 59

O amor incompatível 61

Marchinhas 63

Na fonte 65

Viajante 67

Portugal pequeno 69

O nascimento de Luiz Gonzaga 71

Desessencialismo 73

O nascimento do filósofo 75

Sagrados objetos 77

Korin-ewé 79

Pedagogia 81

POEMAS DE TERREIRO

Exu 85

A gira 88

Padê e madeleine 90

Ogum 93

Os peixes 96

O sol e o urucum 99

Tambor é livro 101

O nascimento da vacina 104

Obatalá 107

Orunmilá 110

O pé de Exu e a mão de Deus 113

Canção do inviável exílio 116

LUIZ ANTONIO SIMAS (RIO DE JANEIRO/RJ, 1967)

é mestre em história pela UFRJ, professor e escritor. Com diversos livros publicados, recebeu o Prêmio Jabuti – Livro do Ano, em parceria com Nei Lopes, pelo *Dicionário da história social do samba*. Juntos, também escreveram *Filosofias africanas*. Pesquisador das culturas e religiões populares, publicou *O corpo encantado das ruas* e *Umbandas: uma história do Brasil*. Todos os títulos foram lançados pela Editora Civilização Brasileira. *Sonetos de birosca & poemas de terreiro*, primeiro livro de poemas de Luiz Antonio Simas, marca sua estreia na Editora José Olympio como poeta, versejador e lirista, além de sagrar – para quem ainda não chegou a essa conclusão – um lugar para Simas como um dos melhores e mais versáteis contadores de história em atividade no país.

Este livro foi composto na tipografia The Sans em corpo 10.4/16 e impresso em papel Pólen Bold 90g/m² na gráfica Santa Marta para a Editora José Olympio LTDA, em setembro de 2022.

90º aniversário desta Casa de livros, fundada em 29.11.1931